La Photographie nocturne

dans Paris

PAR

Émile SAINTE-CLAIRE-DEVILLE

PLON-NOURRIT et Cⁱᵉ, Éditeurs.

Au parc Monceau.

E. SAINTE-CLAIRE-DEVILLE.

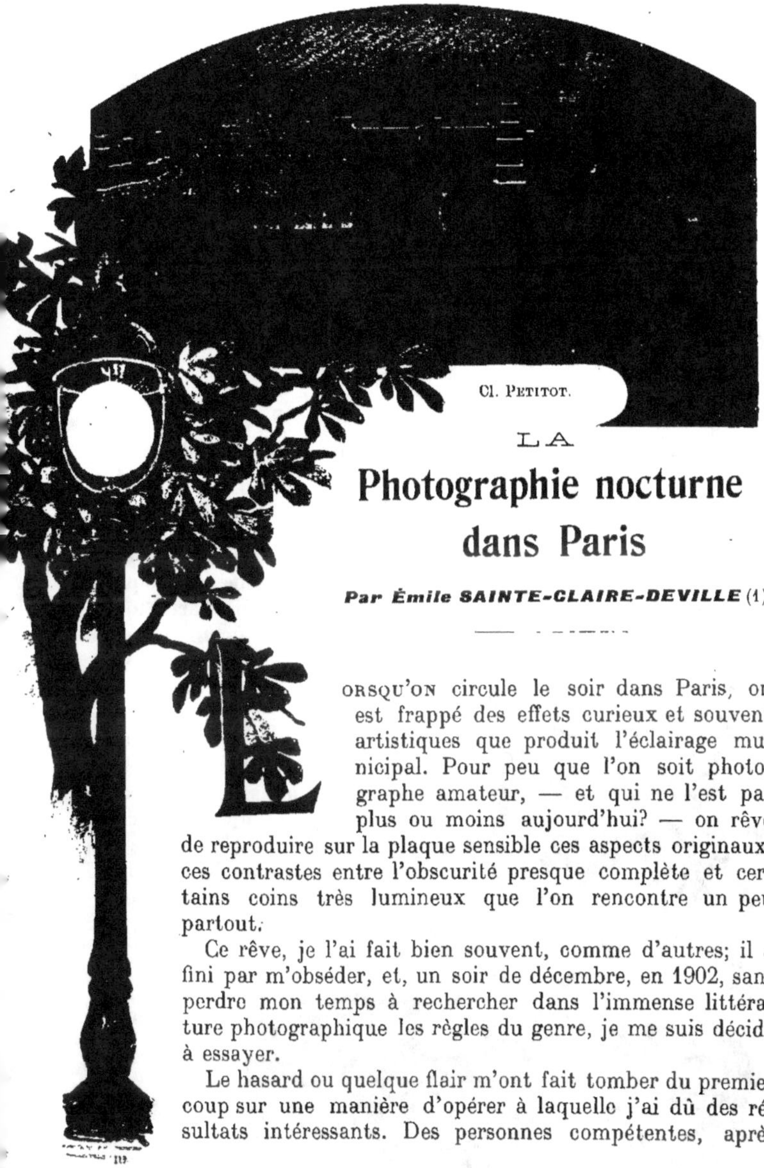

LA
Photographie nocturne
dans Paris

Par Émile SAINTE-CLAIRE-DEVILLE (1)

ORSQU'ON circule le soir dans Paris, on est frappé des effets curieux et souvent artistiques que produit l'éclairage municipal. Pour peu que l'on soit photographe amateur, — et qui ne l'est pas plus ou moins aujourd'hui? — on rêve de reproduire sur la plaque sensible ces aspects originaux, ces contrastes entre l'obscurité presque complète et certains coins très lumineux que l'on rencontre un peu partout.

Ce rêve, je l'ai fait bien souvent, comme d'autres; il a fini par m'obséder, et, un soir de décembre, en 1902, sans perdre mon temps à rechercher dans l'immense littérature photographique les règles du genre, je me suis décidé à essayer.

Le hasard ou quelque flair m'ont fait tomber du premier coup sur une manière d'opérer à laquelle j'ai dû des résultats intéressants. Des personnes compétentes, après

---

(1) Les illustrations de cet article qui ne portent pas de nom d'auteur ont toutes été exécutées par M. Sainte-Claire-Deville.

avoir vu ces premiers essais sur l'écran de projection, m'ont affirmé qu'ils présentaient un certain caractère de nouveauté. Le fait est que, si ce genre très spécial a été déjà cultivé (1), il n'a pas été vulgarisé par la carte postale, et n'est pas encore absolument banal. Quelques détails à son sujet pourront donc peut-être intéresser les lecteurs de cet *Annuaire*.

Parc Monceau.

Définissons d'abord et limitons bien exactement l'espèce de photographie nocturne dont il sera question dans cet article. C'est celle qui consiste à reproduire, tels qu'ils apparaissent le soir à l'œil du promeneur, un coin de rue, une boutique, une allée de square, un bouquet d'arbres, une statue dans un parc, etc., etc.

Une telle photographie est toujours essentiellement documentaire, en ce sens qu'elle fixe le souvenir d'une partie du décor dans lequel vit la génération actuelle. Elle peut être en même temps artistique si le motif est bien choisi. Mais on voit qu'elle n'a aucun rapport avec la photographie au clair de la lune ni avec la photographie au magnésium. Toutefois, étant donnés les jolis contrastes que produisent souvent les globes électriques dans un parc, on conçoit qu'à la campagne il serait facile de *simuler*, avec quelques éclairs magnésiques convenablement disposés, un éclairage artificiel analogue à celui du parc Monceau, par

Fontaine, place du Châtelet.   Schulz

(1) Ainsi qu'en témoignent les belles épreuves, déjà anciennes, de MM. Petitot et Schulz qui contribuent à illustrer cet article.

exemple. Ce truquage des plus légitimes pourrait, semble-t-il, donner de charmants effets; mais le temps et l'occasion m'ont manqué jusqu'ici pour en faire l'essai.

Cette note ne saurait être une étude sur la meilleure manière d'obtenir de bonnes photographies nocturnes. Je n'ai opéré que d'une seule façon, toujours la même. Je n'ai donc pas le droit de dire que cette façon est supérieure à toute autre.

Je vais la décrire sommairement en mettant simplement en lumière quelques particularités sur lesquelles il semble utile d'attirer l'attention des amateurs que ce genre pourrait séduire.

Choix d'un appareil. — Je me sers, pour la photographie nocturne, d'un vérascope. Pourquoi un vérascope? D'abord parce que c'est un excellent appareil, mais ensuite et surtout parce que c'est *mon* outil ordinaire. Quelque gibier qu'il poursuive, un chasseur un peu maniaque ne voudra emporter que *son* fusil et n'emmener que *son* chien.

Tout de même, si j'avais eu à choisir un appareil en vue de la photographie nocturne, c'est bien celui-là que j'aurais pris de préférence à tout autre, ou, du moins, mon choix aurait certainement porté sur un appareil stéréoscopique.

Les effets de nuit gagnent énormément à être présentés sous forme de diapositives et avec le relief que donne le stéréoscope. La nuit, il n'y a plus de couleurs : outre une gamme, qui va du blanc au noir intense, l'œil perçoit des points d'un éclat exceptionnel qui sont les foyers lumineux servant à l'éclairage. Ces points se traduisent par de véritables trous dans la gélatine de la diapositive : vus par transparence sur le fond d'un abat-jour opale, par exemple, ils prennent une valeur intense et très vraie que l'on n'obtiendra jamais sur le papier.

Certains effets de nuit, vus au stéréoscope, apparaissent comme la reproduction identique, couleur et valeur, de la réalité prise pour modèle. Le stéréoscope, mettant à leur plan les foyers lumineux épars, les effets d'illumination, les feux d'artifice n'existent plus, pour ainsi dire, sur le papier, pour qui a eu l'occasion de les observer au taxiphote.

Plaques. — Il convient, bien entendu, d'employer exclusivement les plaques *antihalo*. L'orthochromatisme et l'écran jaune sont inutiles.

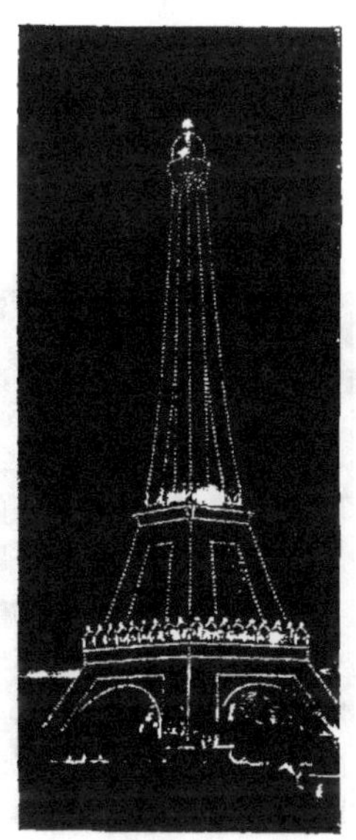

La tour Eiffel illuminée.

PETITOT.

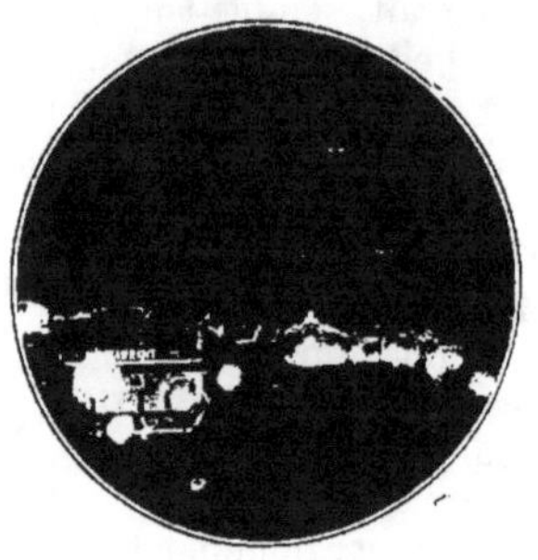

*Halo produit par les foyers
lumineux.*

En 1900, sans préméditation, mon magasin n'étant garni que de plaques Lumière ordinaires, j'ai tenté quelques vues des illuminations de l'Exposition. L'une d'elles est reproduite ici. On y remarque le *halo* proprement dit, formant autour des becs de gaz du premier plan un cercle nettement tracé, que ne m'ont jamais donné par la suite les plaques antihalo. On observe bien, avec ces dernières une sorte d'irradiation ou de voile ayant pour centre les foyers lumineux intenses placés aux premiers plans. Mais cette particularité est due à une autre cause sur laquelle je reviendrai à propos de la question du temps de pose.

Choix du motif. — Les motifs à photographier la nuit dans Paris peuvent être ramenés à quatre types, sans compter les feux d'artifice et illuminations de toutes sortes :

1° Rues, places et carrefours;
2° Jardins, squares et parcs;
3° Les boutiques et magasins;
4° Le salon annuel de l'automobile.

Le 14 Juillet à Paris.

PETITOT.

Place de la Concorde.   SCHULZ.

1º *Rues, places et carrefours.* — La photographie des rues, places et carrefours ne présente le plus souvent qu'un intérêt documentaire. Elle offre, d'ailleurs, des difficultés particulières, et je ne conseillerai pas d'en abuser.

Ces difficultés sont d'abord la peine que l'on éprouve à trouver l'endroit convenable pour placer son appareil. Il faut se mettre à l'abri des heurts de la foule; n'admettre dans le champ de l'objectif aucun foyer lumineux important à une distance de moins de vingt-cinq à trente mètres; se ménager des premiers plans bien éclairés et qui ne soient pas à chaque instant masqués par des passants stationnant, souvent sans immobilité, le temps nécessaire pour dessiner sur la plaque d'informes fantômes, etc., etc.

Mais la bête noire du photographe nocturne opérant dans un carrefour fréquenté, c'est la voiture. La moindre lanterne de fiacre impressionne instantanément la plaque, et, en traversant le champ de l'appareil, elle laisse sur le cliché une traînée horizontale lumineuse que rien n'explique. Ces traînées, s'accumulant, finissent par produire un effet désastreux. Voyez, par exemple, le cliché ci-après, pris à Londres, à l'entrée de Piccadilly Circus. L'appareil est placé sur un refuge, au milieu de la rue, face à la place : les cabs qui viennent de celle-ci, en tenant leur gauche, ont laissé sur la droite de l'image un faisceau de lanières brillantes du plus déplorable aspect. Rien de pareil ne s'observe à gauche, parce que les cabs allant vers la place, en s'éloignant de l'appareil, ne lui montrent pas leurs lanternes.

Si l'heure est un peu tardive et les voitures rares, on peut parer à cet inconvénient, dans une certaine limite, en plaçant son cha-

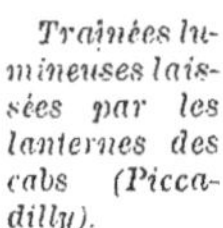

*Traînées lu-
mineuses lais-
sées par les
lanternes des
cabs (Picca-
dilly).*

Place du Théâtre-Français.

peau devant l'objectif quand on voit survenir une lanterne. C'est ce que je faisais sur la place du Théâtre-Français lorsqu'un auto, surgissant brusquement de la rue de l'Echelle, est venu s'arrêter à ma gauche avant que j'eusse pu m'apercevoir de sa présence : son phare a dessiné sur la plaque une véritable comète d'un singulier effet.

Le cliché ci-dessous fait ressortir un autre défaut de ce genre de vues. Il représente l'avenue de l'Opéra prise du refuge placé à l'entrée de la place du Théâtre-Français. On a pu, en opérant comme je viens de le dire, neutraliser en partie l'effet des voitures arrivant de face, mais qu'a-t-on obtenu? Une avenue de l'Opéra déserte et sans vie que les Parisiens n'ont jamais connue. Il manque vraiment quelque chose de trop essentiel à une représentation du centre de Paris, la nuit, si rien n'y rappelle le grouillement de la foule sur les trottoirs et des voitures sur la chaussée.

L'avenue de l'Opéra.

SCHULZ.

A cette caté-
gorie de vues, on
peut rattacher
celles qu'il est as-
sez amusant de
prendre dans les
gares du métro-
politain. Ici, l'as-
pect désert est
peut-être un peu
moins choquant

*Vues prises dans les gares
souterraines du métropoli-
tain.*

et l'intérêt réside surtout dans le jeu des
multiples reflets qui éclairent les voûtes.

Bien qu'aucun règlement formel n'interdise
la photographie sur les quais du métro, on fera bien de s'assurer
préalablement de la neutralité bienveillante des chefs de gare.

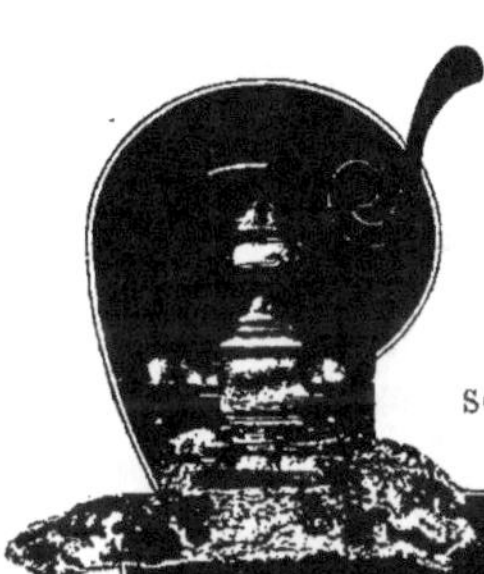

Jardins, squares et parcs. — C'est surtout dans
les jardins, squares et parcs que l'on peut
obtenir de jolis effets présentant même un véritable cachet artistique. C'est le paysage nocturne.
Il convient de choisir les jardins éclairés par des
globes électriques assez espacés les uns des autres : le
parc Monceau, le parc des Buttes-Chaumont, les
squares des Batignolles et du Temple,
les Tuileries, les jar-
dins français du Car-
roussel, etc., four-
millent de points de
vue intéressants.

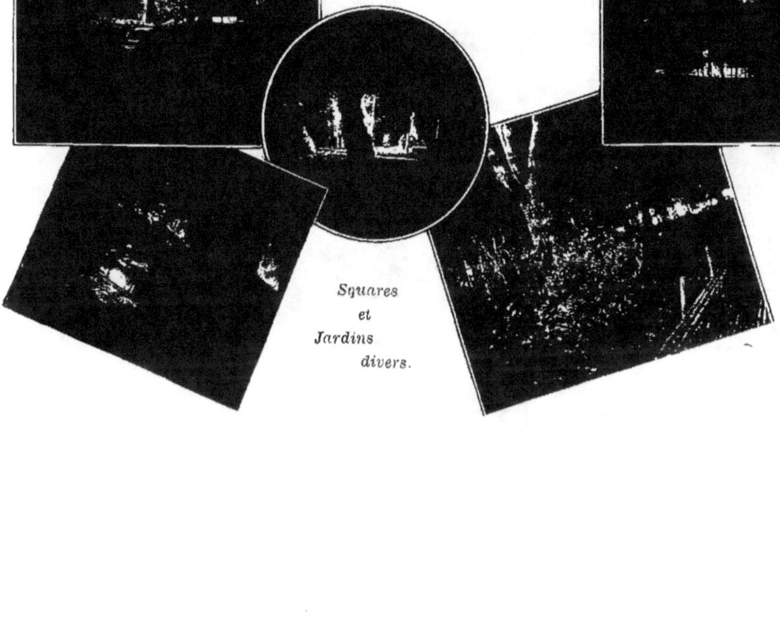

*Squares
et
Jardins
divers.*

On placera de préférence son appareil au pied d'un globe électrique éclairant vivement les premiers plans. En outre, on s'arrangera pour que les autres globes, qui ne sont jamais très rapprochés, soient masqués par le tronc d'un gros arbre ou par un fouillis de branchages.

D'intéressants effets peuvent être obtenus au bord des bassins et étangs si fréquents dans les parcs parisiens. Les statues qui les peuplent contribueront aussi à l'intérêt des motifs choisis.

Les plus jolis clichés se font en hiver : la transparence des massifs dépouillés de leurs feuilles et la présence de la neige sur le sol produisent de charmants contrastes.

En plein hiver, on pourra travailler de cinq à six heures, plus tard de six à sept heures, et ainsi de suite; mais il ne faut jamais compter sur un intervalle de plus d'une heure à une heure et demie entre le moment où la nuit est suffisamment complète et celui où les foyers électriques sont éteints.

A ces heures, les squares sont peu fréquentés; le public n'y est nullement gênant, et l'apparence de solitude qui choque tant dans la vue d'un boulevard est ici parfaitement normale. Au surplus, rien ne vous empêche d'amener avec vous votre papa et votre maman ou votre fille et votre gendre, afin de leur faire poser sur un banc, en pleine lumière, un groupe fallacieux « d'amoureux enlacés ». Les vrais ne manquent jamais, mais ils recherchent les coins sombres, et on ne saurait compter absolument sur leur immobilité.

L'opérateur

*Effets de neige
au parc Monceau.*

peut aussi se placer dans le champ de l'appareil et représenter de sa personne deux ou même trois passants. Il lui suffira de repérer sur le viseur les points où il sera bien éclairé, tout en se détachant sur un fond obscur. En s'immobilisant en chacun de ces points pendant un tiers du temps de pose total, il obtiendra trois personnages très suffisamment nets, qui animeront son paysage.

3º *Boutiques et magasins.* — Ce genre peut être amusant. Il est facile. Se méfier seulement des flâneurs qui s'attardent par trop longtemps devant l'étalage qu'on vise : on a la ressource de masquer l'objectif jusqu'à ce qu'il leur plaise de déguerpir.

Les serres de la Ville de Paris.

4º *Salon de l'automobile.* — Les brillantes illuminations du salon annuel de l'auto attirent nombre de photographes amateurs ou autres. Ils y trouvent en abondance de fort curieux effets à reproduire. Mais deux inconvénients tendent à rendre cette spécialité de plus en plus ingrate d'une année à l'autre : d'abord la multiplication des projecteurs électriques. Rares étaient les coins où l'on pouvait encore, en 1906, braquer son objectif sans être exposé à le voir inopinément envahi par un faisceau éblouissant.

D'autre part, les rayonnements des projecteurs dans le ciel, très intéressants quand ils veulent bien tenir la pose, contribuent, dans le cas contraire, à donner un ciel uniformément blafard qui ne présente plus avec les objets éclairés le contraste nécessaire à l'obtention d'un véritable effet de nuit.

Salon de l'automobile   *au Grand-Palais.*

J'en veux aussi à l'abus sans cesse grandissant de la lumière à la vapeur de mercure. Ces horribles bâtons verts sont vraiment photogéniques à l'excès. C'est sous forme de baguettes noires qu'ils apparaissent sur l'épreuve positive, en vertu du phénomène bien connu du renversement de l'image par surexposition. Quant aux surfaces éclairées par eux, elles prennent une valeur exagérée qui fausse l'ensemble.

Ne forçons point cependant la portée de ces réserves. Malgré tout, il y avait encore *de quoi faire* en 1906 au Salon de l'auto.

Question du temps de pose. — Comme nous l'avons vu plus haut, l'instantané le plus rapide fixe sur la plaque l'image des foyers d'éclairage quels qu'ils soient. Mais il est évident qu'une pose assez longue doit être nécessaire pour obtenir des détails dans les régions qui sont simplement éclairées par les foyers.

Les projecteurs.

Quelle est la durée de cette pose? C'est bien le cas de répondre : « Cela dépend. »

Si vos yeux vous permettent de percevoir un motif complet, bien éclairé et capable de former une image intéressante, la pose convenable sera d'une à deux minutes. Mais ce cas est rare; le plus souvent, surtout quand il s'agit de paysage nocturne, ce que vous voyez est insuffisant pour meubler la plaque, et sa reproduction identique, en valeur et en forme, n'a rien de tentant. Doublez alors, triplez, quadruplez même le temps de pose, c'est-à-dire portez-le à quatre, six, huit minutes, et vous verrez apparaître sur votre cliché une multitude de détails et d'objets dont votre œil ne soupçonnait même pas la présence. Vous photographiez dans ce cas le motif que l'on verrait si les foyers d'éclairage étaient beaucoup plus puissants qu'ils ne le sont en réalité.

Le pont Alexandre-III.

Seulement, pour que, dans ces conditions, le résultat soit satisfaisant, il faut deux choses :

1º Que la surexposition forcément imposée aux foyers lumineux n'amène pas le renversement de leur image; on n'a rien à craindre de tel avec les globes électriques et les becs de gaz. Seuls les tubes Westinghouse à vapeur de mercure les produisent, mais on n'en rencontre pas dans les squares et parcs.

2º Il faut, en outre, que le ciel soit bien noir. Si vous opérez en présence de la lune, la pose prolongée amènera un ciel crépusculaire et enlèvera à votre œuvre l'aspect nocturne qu'il importe avant tout de lui conserver.

Ajoutons, enfin, qu'il y a toujours dans l'air et surtout dans l'air des villes des poussières éparses qui sont éclairées par les foyers lu-

PARIS

TYPOGRAPHIE PLON-NOURRIT ET Cie

8, rue Garancière